U0055190

For Joseph

我的內心長滿了魚

圖&文 阿米

————

成人童話圖文詩集

翡翠花女子 —— 評阿米《我的內心長滿了魚》

林蔚昀／文

　　看阿米的詩與畫，我想起德國女作家／畫家烏妮卡‧楚恩（Unica Zürn）的作品。

　　烏妮卡‧楚恩是德國藝術家漢斯‧貝爾默（Hans Bellmer）的情人，也是他的謬思。貝爾默有一系列黑白攝影——把一個赤裸的女體用無數的線緊緊纏起，拍下肉體突破繩子的禁錮、有如豐滿水果垂掛在外的景觀。照片中的女人就是烏妮卡。不顧衛道者對她的憐憫，這位也是超現實主義擁戴者的女藝術家說：她一點都不覺得痛苦，那些線綁在身上其實還挺舒服的。

　　烏妮卡在童年時期曾經想像出一個全身雪白、有如茉莉花的男子。在她小小的心靈中，這個男子是她「命定中的男人」，她一直在等待那個人的出現。然後，她等到了。亨利‧米謝（Henri Michaux），一個超現實詩人／畫家，長得和她兒時幻想中的茉莉花男子一模一樣。就在這時，烏妮卡崩潰了。無法承受想像變成現實，她從此活在充滿幻覺的世界裡，只能靠自動繪畫（automatic drawing）和迴文詩（anagram poetry）來勉強維持和現實的關係。 在這個時期寫下的作品如《疾病之屋》（Das Haus der Krankheiten）、《茉莉花男子》（Der Mann im Jasmin）和《陰鬱之春》（Dunkler Frühling）都是不可多得的傑作，它們不只誠實地讓讀者看到一個纖細心靈的崩壞，同時

也對女性身體、心靈的成長有極為深入的探討。

我提到烏妮卡，不是因為她和阿米某些人生經歷的相似性，而是在我看來，她們兩人的作品都是關於一個小女孩如何長大成為女人。

她們（和我們）是這樣長大的

歷經過成長的人都知道，它的過程是極為不易的。當一個小（女）孩脫離童年，進入青春期和成熟期，他／她會遇到種種陌生新鮮的事物和挑戰。有些事物令人愉悅，有些令人害怕，有些則同時令人愉悅及害怕（比如說，性）。這個過渡期對小（女）孩來說是騷動不安的──他／她的身體已經不是原來的身體，他／她的思想還在成形，他／她已經無法回到過去，但又還沒有準備好邁向下一個階段。

這介於兩者之間的「*in-between*」狀態有點像是佛教的中陰身。一部分的自己已經死去，但是新的自己──那融合過去和現在的自己──又尚未誕生。這是一個危險脆弱又美麗誘人的階段，就像是阿米在〈小老鼠夢夢〉

一詩中寫到的、幻覺有如浪潮來襲的奈何橋。身體與心靈遭受到的劇烈變化促使人們去思考自身,「我是誰?」「我為何活著?」「我和自己的關係?」「我和他人的關係?」「我想要從我的人生中得到什麼?」這些問題通通有如泡泡般冒出來了。

在《我的內心長滿了魚》中,有許多詩作涉及成長帶來的種種問題(questions)。〈小河之旅—認識自己〉和〈小風找自己〉都是在處理認同:小河終其一生映照出別人(山、雲、泥巴、彩虹⋯)的顏色,到了死前,終於看清自己是一條清澈的小河。小風則「總是羨慕大風颶風颱風龍捲風」,因為「大風一吹過拔起樹木吹倒房子很威風神氣/然而小風一吹只有衛生紙飄起/他因此很自卑」。小風一直想要變成別人,卻永遠無法變成別人,最後接受自己是「讓湖泊起漣漪/讓小花跳舞的微風」,「在春天吹拂戀人的頭髮讓人們相愛」,因此得到了平靜與快樂。

接受自己、愛自己不只在人和自我的關係中很重要,在親密的兩人關係中亦不可或缺。坊間一些流行的說法會叫你「想要被愛,先愛人」、「只問付出,不求回報」。但是,人就是渴望被愛的生物。不求回報的愛,可能會讓付出愛情的人先枯萎死掉,就像〈最後一小塊心臟〉裡面那名美麗的

婦人。能夠長久地愛人，必須要有對自己的愛、以及來自對方的愛作為養
分。所以，當世上最聰明又勇敢的男人出於對婦人的愛護，說：「請為自己
保留一點點心不然會死掉喔」，婦人選擇保留自己的心，永遠和這個男人在
一起，因為她知道，可以在他身邊安心地愛自己，並且覺得自己值得被愛
（有如〈百搭的東尼〉說的：「胖胖的女生也值得一件好料子的毛衣」）。

想像力的力量

愛自己，同時包括允許自己實現兒時的夢想，允許自己部分地保留孩
童的特質。成人生活應是孩童特質和成人特質的整合，是結合成人的行動
力、對現實的清楚認知，以及孩童天馬行空的想像力。這份想像力讓我們
勇於創造現實、彌補現實中的缺失，像〈鞋店阿芬〉「連夜採集森林裡的植
物／手工編織一雙會生長的每一天都不同的花草鞋」給失去雙腳的男人，或
者單純地讓我們欣賞現實，在平凡、老掉牙的重複中再一次以孩童的眼光
享受〈啵一聲〉的驚奇：「泡了熱水的蝦子／啵一聲脫掉火紅的大衣／露出
白呼呼的身體（…）蝦子和茶葉蛋最喜歡冬天在一起泡湯了／白呼呼的呀兩
截大雪般的身體」。

當然，想像力無法作為逃避現實痛苦的嗎啡，也無法阻止殘酷事實的發生。阿米應該比任何人都清楚這點，這是為何她會在〈小老鼠夢夢〉中寫下：「夢夢說了三天三夜精彩又無冷場的故事／貓寶寶專心得不得了完全忘記小老鼠很好吃／但是故事總有結尾／夢夢說完最後一個故事便被貓寶寶一口吃掉／夢夢很厲害是大英雄大故事家／但是逃不過貓吃老鼠的命運」。現實的問題要靠現實的手段去解決，想像力可以讓我們有勇氣、在黑夜中提供照明，但是無法成為解決問題的方式、帶我們走出黑暗。

看阿米的作品幾年下來（從《要歌要舞要學狼》、《日落時候想唱歌》到《我的內心長滿了魚》），我發現一個令我覺得可喜的轉變。她詩作的意象依然豐富，繪畫的用色依然大膽，對現實的觀察依然一針見血，但是裡面的情緒——憤怒、憂傷、喜悅——已經沒有像以前那麼濃重化不開。以繪畫的術語來說，她的作品多了許多留白，可以讓讀者進去，以自己的想像力填補。於是，我們從作者和自己的對話，跨入了作者和讀者的對話　——雖然，這樣的對話還是以作者為主導，並且是隔著一片玻璃（文本）的。不過，現在的玻璃是透明的，而不是像過去那樣，是一邊暗、一邊亮的單向玻璃（*one-way glass*）：光線微弱的一方可以看到光線充足的一方，但光線充足的一方只能看到自己。

翡翠花：給成人的童話詩

　　我記得在烏妮卡・楚恩的《茉莉花男子》中有這樣一段文字：「當你把眼睛打開，就會看到身邊所有人都在受苦⋯ 住在這裡的人有情侶、兄弟、姊妹，他們被關在不同的病房，只有在休息時間才能見面，把為彼此留下的花和信件透過柵欄交給對方。」寫瘋狂、痛苦的人這麼多，但是很少有人能帶給我如此強烈的震顫。在這一刻，作者抽離了自身的痛苦，看見了別人的痛苦，並且把這份同情傳達給讀者。像波蘭傳統頌歌〈神的降生〉（*Bog sie rodzi*）中所唱的，烏妮卡「走向摯愛的人們，和他們一起歷經艱辛⋯」（*Wszedl miedzy lud ukochany, cierpiac z nim trudy i znoje...*）在《我的內心長滿了魚》中，我看到阿米開始這麼做了。

　　阿米在〈翡翠花—夢想〉中寫道：「傳說在玉山頂端有一株翡翠花／長年盛開會綻放綠色的光芒／然而從沒有人看過」玉山山頂真的有一朵綠色的翡翠花嗎？還是這只是一場童年的幻覺？詩中的主角小池以為當上了大董事長、花一大筆錢，就可以看到翡翠花，然而直到死，他還是沒有看到它。

　　也許我們可以換個角度想：翡翠花不在玉山山頂，而是在每個人心中，在每個人夢中。如果我們想要，可以把翡翠花從自己的心中、夢中拿出來。拿出來的東西，也許不是一朵綠色發光的翡翠花，而是別的東西。我們是否有勇氣實現夢想？是否有勇氣看見自己內心的小孩（或魚，或花，或其他事物），然後大聲為他們朗讀童話詩？阿米的《我的內心長滿了魚》沒有提供答案，但是給了我們一個機會，讓我們去探望、尋找我們身體中的小孩，並且透過柵欄和他們交換花和信件。

關於夢想、孤寂和死亡

讀阿米的成人童話詩有感
游珮芸 / 文

看到「成人童話詩」的標籤，你大概可以想見這不會是一本棉花糖般，可以輕鬆入口的讀物。是的，在翻閱的過程中，它不斷衝擊我的想像；讓我在其中看到混合著米羅和達利畫作的意象：或抽象，或具象，乍看之下，色彩斑斕，線條生動，十分賞心悅目；一旦潛心細看，你會在裡頭撞見眾生浮沉；生命的深邃，精彩與繁複。在一個自成一格，封閉而遺忘時空座標的世界裡，不可理喻地、昂揚地，活著！

阿米的「成人童話詩」裡，充滿著各式各樣奇思異想的人和動物：愛麗絲、蠻橫公主、書生、多多狗、老鼠夢夢、河貓、泡泡魚……，各個情態生動，性格鮮明。他們或來自我們熟悉的童話、傳說，或是志怪故事中，原本有著既定的心像脈絡和形象輪廓；但在阿米的世界裡，卻以顛覆的面貌出場，在短短數行的散文詩句中，幻化成愛慾情愁的象徵，搬演一齣齣悲歡離合、看似超現實，卻是活生生的人生戲碼。

他們各依自身的邏輯，理直氣壯地述說自己的故事。

故事沒了？那就創造吧！在〈小老鼠夢夢〉裡，夢夢到了陰間，跟貓長得一模一樣的閻羅王下令，夢夢如果可以說49天故事，不被幻覺帶走，就可以再回到老鼠村。夢夢快要達到目標時：

「 閻羅王只好派出奈何橋夢婆奪走夢夢記憶

　失去記憶的夢夢只好依賴想像力

　開始更危險的故事之旅

　閻羅王完全沒聽過這樣的故事 終於讓夢夢說完四十九天復活了」

　　讀到這首詩，不知道你是否會跟我一樣，驚呼一聲：「啊哈 ！」不論你聯想到什麼樣的互文故事，我們都可以說，阿米除了用記憶說故事，也巧妙的操縱了她裝上翅膀的想像力，所以，可以寫出這麼一首首魅惑人的「童話詩」。

　　想像力加上直觀與創意，就可以無中生有。在〈鞋店阿芬〉這首詩裡，阿芬總能為來買鞋的人找到舒適又美麗的鞋子，然而，有一天，店裡來了一個失去雙腳的男人，要找鞋子……

「 阿芬於是連夜採集森林裡的植物

　手工編織一雙會生長的每一天都不同的花草鞋給男人

　男人非常喜歡這雙鞋一直感謝阿芬

　阿芬果然是世界上最懂腳和心之間關聯的人」

運用無敵自由的想像力、直觀與創意，阿米也寫愛和死的糾葛，勾勒寂寞與永恆的孤寂，但也有古怪詼諧的詩。在那個千奇百怪，看似荒誕，實則可能更為真實的童話世界裡，阿米透過這些無厘頭的故事和人物，讓你逼視自己生命裡的各種面貌，或者可以獲得不同的視角和體悟？

最後，試讀這首詩：

〈百搭的東尼〉

東尼給我的感覺就像一件掛在日本專櫃的上等毛料

每個人都想穿上他

他人見人愛

可以說是個百搭的男人

奇怪的是他不曾屬於任何人

我呢 是一個胖胖的女生

有著會發光的靈魂

至今我仍然不清楚這樣一個百搭的男人為何願意從衣架上走下來靠近我

我問東尼

他輕淡地說胖胖的女生也值得一件好料子的毛衣啊」

對你而言，阿米的詩集不必是上等毛料，也未必人見人愛；但很清楚的是：它自成一格，訴說著作者自己的心境與想像，不刻意搭理，或屬於任何人。或許，竟日行色匆匆的你，願意在侷促逼仄的日常生活裡騰出一點空隙，從架上取下這本書，就像取下一件色彩斑斕，好料子的毛衣，披在自己發光的靈魂上，用來暫時隔離，避開這噪音充斥的世界。

我想去那

什麼都有

有年輕顏色

有金黃色薄土

和坐在湖邊

深深哭泣

的男人

畫畫課——寫給隱匿與河貓

首先畫一個大圓圈
再來畫一隻生氣的貓
鳥怕貓，所以在圖畫紙的外面

貓生氣了因為下雨
大雨像鞭子打貓
貓沒有錯

貓躲進教室掉眼淚
有一位叫做隱匿的老師安慰貓
貓一開心，圖畫紙就破掉了

原本專心聽故事的鳥
全都飛了起來了

一個正在寫生的小孩看到了
畫了一隻貓撲殺小鳥
圖畫紙開始流鼻血

貓拿出一把手槍
殺死隱匿
殺死鳥
殺死小孩

貓本來是演好人的
這下子牠把一切都搞砸了
又下雨了
貓被大雨鞭打
貓說牠沒有錯

但是畫畫課已經結束了
隱匿老師把圖畫紙收走
全班都討厭貓
鳥的計謀得逞了

壞蛇與善良蝸牛

壞蛇雖然很壞
卻對善良蝸牛很好
後來蝸牛懷孕生下蛇
被村民打死
從此壞蛇咬死更多小孩為蝸牛報仇
最後壞蛇被村民亂棒打死
然而壞蛇是全村唯一愛過的

最後一小塊心臟

從前有一個美麗的婦人
只要遇到喜歡的男人
便會餵食對方自己的一小塊心臟
有一天美麗的婦人愛上世界上最聰明又勇敢的男人
她只剩下一口小小的心臟了
男人說請為自己保留一點點心不然會死掉喔
美麗的女人便不曾再愛上別人
永遠和這個男人在一起
這個男人雖然沒有得到女人的心臟
卻讓婦人學會愛自己

小老鼠夢夢

小老鼠大會即將展開
將選出一隻最會說故事的小老鼠
去給貓村新生的貓寶寶祝壽
所有的小老鼠都嚇壞了
因為故事說得不精彩的時候
貓寶寶一分心便要吃掉小老鼠
今年選出一隻勇敢又機伶的小老鼠夢夢出馬
夢夢說了三天三夜精彩又無冷場的故事
貓寶寶專心得不得了完全忘記小老鼠很好吃
但是故事總有結尾
夢夢說完最後一個故事便被貓寶寶一口吃掉
夢夢很厲害是大英雄大故事家
但是逃不過貓吃老鼠的命運
沒有死裡逃生也沒有意外
小老鼠夢夢的屍體被丟在貓村大門
他所說的故事也漸漸被吹到風中

the U.K

is evelant

equail

to

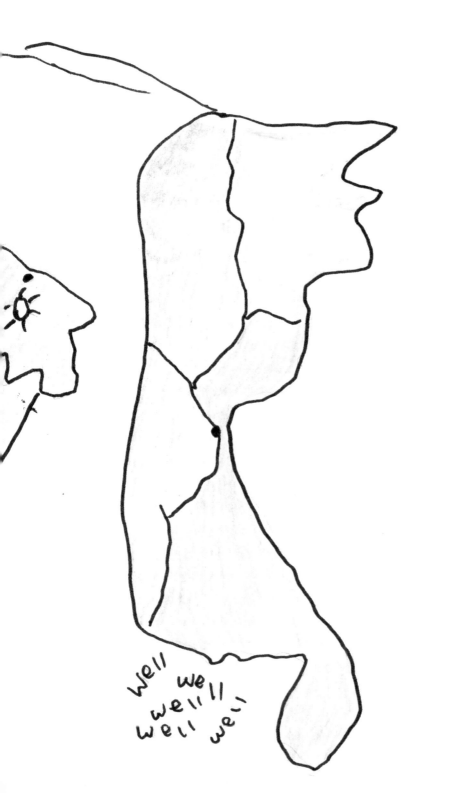

小河之旅——認識自己

每一個人都想知道自己是誰
小河也是

小河問山婆婆自己是什麼顏色
山婆婆搖擺自己的大屁股
說依我看來你當然是綠色

小河問雲姐姐
雲姊姊一邊跳舞一邊說
小河你當然是棉花一樣地潔白

小河問泥巴弟弟
泥巴剛睡醒揉著眼睛說
傻瓜你當然是咖啡色

小河問彩虹妹子
彩虹妹子梳著自己長長的頭髮說

小河呀你當然是紅橙黃綠藍靛紫七種彩色

晚霞靜靜地回答小河
你是火一般的紅偶爾是小雛菊花的黃

小河越來越困擾
自己到底是什麼顏色
我是誰

直到死亡來臨
小河看著天空問自己
他感覺冬天的雪是冷山茶是血
而自己是一條清澈的小河

大力士與小花瓣

大力士可以舉起世界上任何最重的大石頭
卻拿不動他心所愛的小花瓣

死亡練習

從前有一個很孤單的小男孩

他所喜歡的都會死亡

他皆親手埋葬

隨著年齡越大他親手埋葬的東西越來越多也越來越大

先是鳥

後來是小貓小狗

最後是一隻大象

連自己的父親都埋葬了

這些盒子裡的靈魂會在另一個世界團聚

並且給小男孩一個擁抱

直到小男孩老了快死去了

他埋葬自己的房子和花園裡的滿地落葉

自己躺進箱子裡

終於到天國和大家團圓了

愛麗絲

有個講話愛轉圈的小女孩愛麗絲

她媽媽很著急幫愛麗絲報名有話直說的冬令營

所有老師都使用最有效率的語言

全班都排擠愛麗絲

她一緊張講話又轉了更多圈

只好養一隻螢光色的獨角獸作朋友

可是獨角獸只有在月光灑滿大地時才出現

長大後愛麗絲講話還是轉圈但是她的先生知道多種語言

知道她用故事吸引獨角獸

最後愛麗絲寫了許多神話與寓言

"Mother knows My favourite fruit."

Mother knows
My favorate
fruit

"On every rainy day, she is my umbrella"

In every rainning
day, she is
my umbrella

啵一聲

泡了熱水的蝦子
啵一聲脫掉火紅的大衣
露出白呼呼的身體
好漂亮啊
蝦子搭配茶葉蛋最好了
茶葉蛋先生也是一熱就急忙脫掉咖啡色大衣
露出白白胖胖的身體唷
蝦子和茶葉蛋最喜歡冬天在一起泡湯了
白呼呼的呀兩截大雪般的身體

小缺與海

有個很有個性的女孩
喜歡的對象也是女孩
但是她不敢說
直到有一天她遇到同樣愛女生的女人小缺
小缺愛人的能力很強大
小缺要女孩和她牽手接吻
女孩給出去一切包括自己的身體
女孩很害怕快樂會消失
所以乖所以聽話
可是小缺卻膩了

女孩站在海邊
把心事說給大海
海一直聽一直聽
聽到長出眼睛嘴巴和陰道
女孩成天在海的身邊哭訴
海終於變成很像小缺的人

和女孩度過十個夏天

女孩現在不哭了

海還是一直都在女孩面前發亮

小老鼠夢夢

小老鼠夢夢到了陰間

閻羅王長得跟貓寶寶一模一樣

他跟夢夢說

如果你能在奈何橋獨自說上七七四十九天的故事不被幻覺帶走

就放你回小老鼠村

勇哉夢夢善哉夢夢一跳上奈何橋吱吱聲不斷

奈何橋忽然小雨忽然冷夢夢一下發燒一下清醒

以大聲音開始演化四周景色化為故事內容

要知道四周一個聽故事的人都沒有

幻覺猶如驚濤駭浪般來襲

時愛得入癡

時恨不得殺死所愛

一切強烈恐怖

然夢夢一天一天說到四十九天

一堆暗處躲藏的鬼都如癡如醉

閻羅王只好派出奈何橋夢婆奪走夢夢記憶

失去記憶的夢夢只好依賴想像力

開始更危險的故事之旅
閻羅王完全沒聽過這樣的故事
終於讓夢夢說完四十九天復活了

I Love you ll

尼龍帽

安琪戴著她的小尼龍帽到歐洲旅行
雨的線條改變小尼龍帽的形狀
太陽改變小尼龍帽的柔軟度
小尼龍帽越來越舊
安琪也越來越大了
始終戴著她的小尼龍帽到處走走

泡泡魚和憋氣魚

魚缸裡有一隻泡泡魚和憋氣魚
泡泡魚總是愛得閃亮
憋氣魚愛得晦澀不明
小央餵飼料時泡泡魚盯著小央看
而憋氣魚總是潛得低低的
有一天泡泡魚對憋氣魚說你為何不看我
憋氣魚看了泡泡魚一眼
從此再也離不開目光
直到有一天泡泡魚為小央而跳出魚缸
憋氣魚仍一直在低低的水中看著泡泡魚為愛身亡
憋氣魚終於落下一滴淚
浮出水面時太陽正烈

黑色的海

有個小女生喜歡用細細的聲音追問她喜歡的哥哥

火車上花蓮右邊的海有多黑

哥哥說像整個天空只有一顆星星這麼黑

像少女心中住滿巫婆這麼黑

像一扇門關上這麼黑

像等待情人的貳月咖啡館這麼黑

小女生親親哥哥說像你的黑毛衣這麼黑

像你的眼淚這麼黑

哥哥沿海岸線你看我的眼睫毛眨一眨

閃電之間有沒有你愛的海漆黑

你要去哪兒？

你要去哪兒？

小鳥飛來了
在樹枝休息
往溫暖的南方飛走

蟬來了
揮霍一整個夏天的歌喉
然後脫殼掉下來

北風來了
吹得花兒滿臉通紅
往南方吹拂而去

小夥子喇叭手演奏完畢
匆忙離開
奔赴下一場表演

爸爸下班了
下一陣雷陣雨
他淋著大雨搭上公車
回家吃晚飯

月亮照耀夜晚
花上的朝露蒸發
擦擦額頭的汗
月亮帶著一大群星星
往另一個半球去了

黑潮通過太平洋
溫暖的水裡有許多魚群
漁民大豐收
黑潮往日本流走了

壞掉的娃娃在路邊
小女孩撿起娃娃
帶著壞掉的娃娃去奶奶家縫補

人潮擠上捷運或公車
一路滑手機
九點準時抵達公司打卡
開始忙碌地工作

我睡醒了
到菜市場閒逛
有人問我：「你要去哪兒？」

我不知道要去哪兒
我感覺茫然害怕

每個人都有要去的地方
小孩子洗完臉刷牙
換衣服娃娃車就來了
載著小朋友到幼稚園去學習

那我呢？
我問爺爺：「你要去哪兒？」
爺爺說：「我要去公園運動啊。」

我問爺爺：「我可以去哪兒呢？」
爺爺說：「只要你想去，你可以抵達任何地方。」

我聽不懂爺爺說的話
於是問奶奶
最愛睡午睡的奶奶說：「我怎麼知道你要去哪兒呢？」
「不過我知道我會去天堂。」奶奶說完哈哈大笑
翻身繼續睡午睡

我問馬戲團的獅子王說：「你要去哪兒？」
獅子王說牠自己也不知道
馴獸獅去哪
牠就跟著去哪

我問溪流：「你要去哪兒？」
溪流說：「哪裡是低處我就去哪裡，這是我
的命運和使命啊！」
溪流邊走邊吹口哨，路邊的花草樹木都開心
迎接溪流

我要去哪兒呢？
我問樹木
我問大山
它們告訴我：「它們哪兒也不去，除非人類
鋸斷它們，除非人們要在山裡爆破開飯店。」

我忍不住哭了起來

到底誰能回答我：我要去哪兒？

蠻橫公主

從前有一個蠻橫的公主

每天都在闖禍

闖禍之後又不斷道歉

直到有一天大家都受不了她了

她於是變成一隻老鼠

人人喊打

所有的人都不想原諒她

除非她做出一件讓大家都感動的事

使眼淚滴到她的皮毛上

才有可能變回公主

但是這個任務太艱困了

她必須得到大家原諒的淚水一萬西西

後來公主使用一堆賤招

以裝死想賺取眼淚

只有她的老師為她哭瞎

但還是不足一萬西西

最後有一隻善良的鳥為她落下一滴同情的淚水

老鼠變回公主已經經過一千年

變成觀音的妹妹

每天落下一滴淚水

再也不蠻橫了

註：游玉琳與鳥與老鼠與布丁共同創作

小馬的故事

一匹小馬出生
一些老馬知道他是千里馬
但是小馬不相信

和所有的馬一樣
小馬在壯闊的山野間奔跑
直到有一天小馬被豢養

小馬愛上餵食他稻草和乾淨泉水的牧場姑娘小碧
他要為小碧贏得一次冠軍
跳欄時小馬不慎摔斷了腿
從此一蹶不振

小碧依然疼愛小馬
每天和醫生照顧小馬
小馬變得暴躁易怒
他躲在自己的深淵

絕望的時候他想到小碧
但是他爬不起來
連小碧的眼淚都無法拯救小馬

小碧知道小馬受重傷
不能比賽了
可是她要小馬活下去
小碧始終相信小馬是一匹與眾不同的千里馬

一年又一年
小馬從自己的深淵站起來
雖然不能快速奔跑
但可以陪伴小碧到河堤散步

長長短短的散步
發生了奇蹟
小馬可以跑了

不只如此
小馬奪得賽馬冠軍
他終於相信自己是一隻千里馬

他將榮耀獻給小碧
小馬趾高氣昂地接受眾人喝采
很快地他成為馬場的大明星
大家都說他是天生的千里馬

當榮耀與目光集中在小馬身上時
小馬深知最美好的一仗已經過去
很難自我超越
加上外界的目光
他開始抗拒奔跑

小馬成日病懨懨的
癱瘓在茅草上睡覺

小碧哭了又哭
就是無法讓小馬回到賽馬場

於是小碧讓小馬回到大自然
在大山大水之間
小馬快樂

有一天小馬回到馬場
把頭靠在小碧腿間
小碧是老婦了
小馬也是
就這樣小馬死了

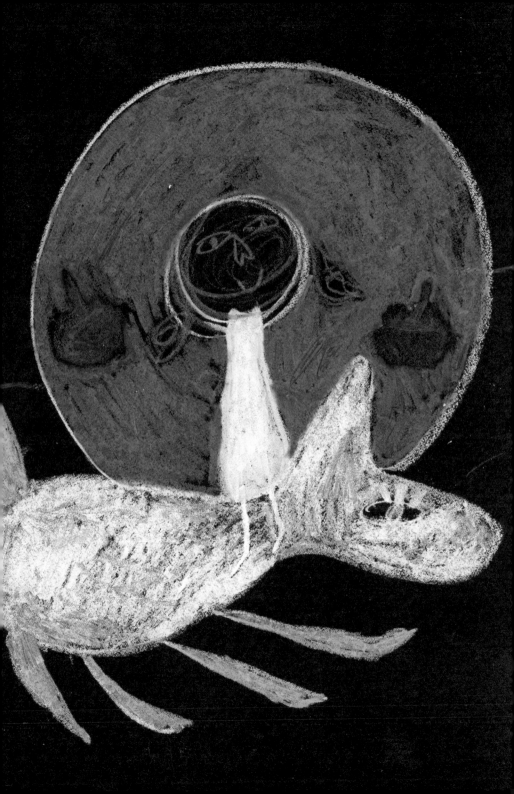

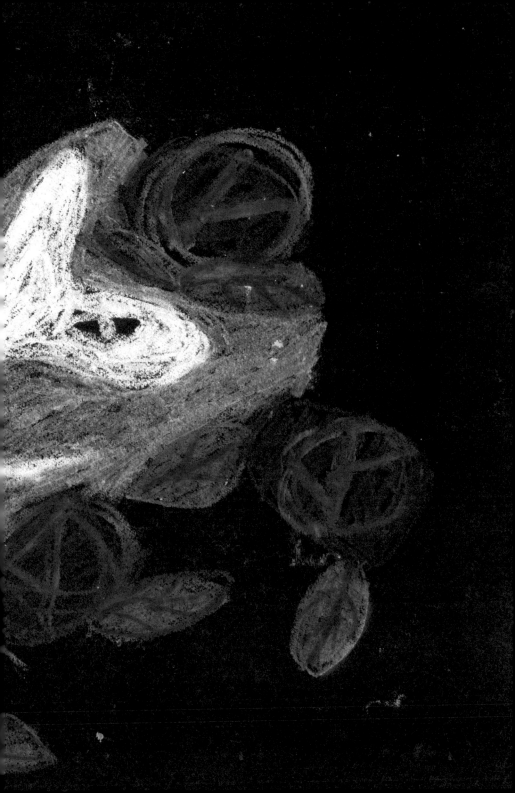

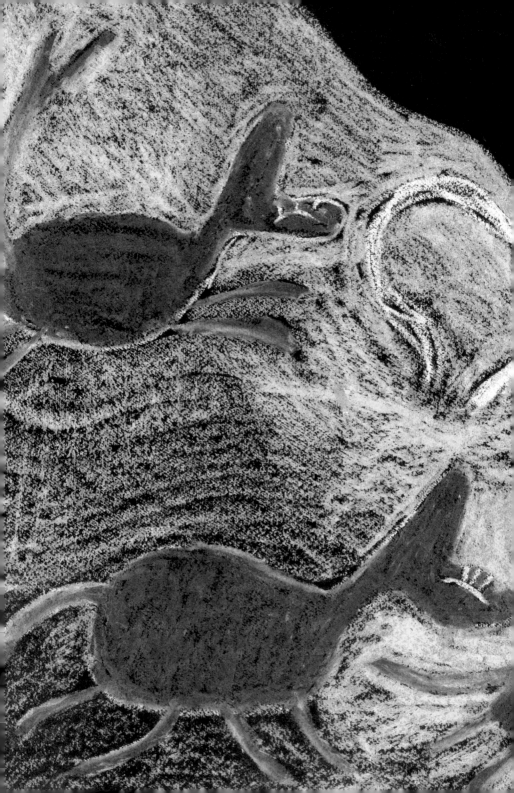

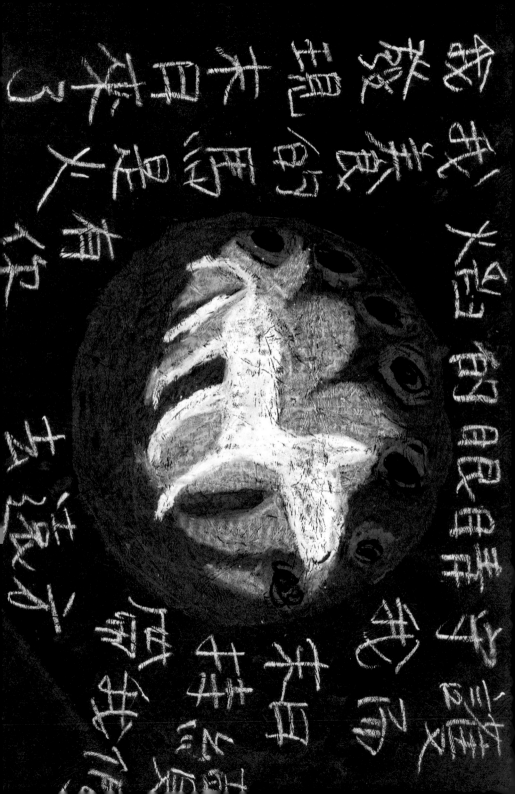

討愛鬼的修練

討愛鬼想要很多很多的愛

時常紅著眼睛躲在冰箱裡哭

深夜魔鬼非常愛討愛鬼

把一切搶來的金銀財寶和人類的靈魂全都給了討愛鬼

不夠不夠討愛鬼要大天使的愛也不放過深夜魔鬼

大天使要討愛鬼修補彩虹的破洞

因為身為天女的討愛鬼具有治療的魔法

討愛鬼和深夜魔鬼的愛情既深邃又具毀滅性

一個不停要一個不停給予

終有一天深夜魔鬼不再愛討愛鬼

討愛鬼不相信深夜魔鬼會有不愛她的一天

於是深受打擊沉入海底深睡一萬年

大天使喚來海螺喚醒討愛鬼

討愛鬼終於覺悟修補彩虹

並從七種色彩裡找回付出愛的能量

鞋店阿芬

鞋店阿芬總能為買鞋的人找到舒服又美麗的鞋子
有一天店裡來了一位失去雙腳的男人要阿芬替他找一雙鞋
無論巨人侏儒小孩子或一般人阿芬都有辦法
但頭一遭阿芬遇到這樣的客戶非常頭痛
男人說他要結婚了
婚前的願望就是擁有一雙適合自己的鞋子
他這一輩子從來沒有一雙鞋
阿芬於是連夜採集森林裡的植物
手工編織一雙會生長的每一天都不同的花草鞋給男人
男人非常喜歡這雙鞋一直感謝阿芬
阿芬果然是世界上最懂腳和心之間關聯的人

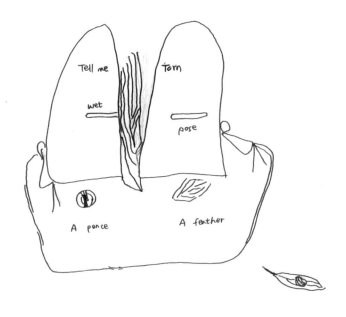

Tell me   Torn
   wet   pose
A penny   A feather

多多龍與狗狗

多多龍先生還有很多事要做
爆破放天燈和客戶握手
狗狗也還有很多事要做
唱歌耍賴和小朋友握手
他們相遇在一個美麗的午後
一個決定遛狗一個決定被遛
然後在大樹下給彼此一個熱呼呼的吻
狗狗繼續夢遊多多龍繼續往前走

百搭的東尼

東尼給我的感覺就像一件掛在日本專櫃的上等毛料
每個人都想穿上他
他人見人愛
可以說是個百搭的男人
奇怪的是他不曾屬於任何人
我呢
是一個胖胖的女生
有著會發光的靈魂
至今我仍然不清楚這樣一個百搭的男人為何願意從衣架上走下來靠近我
我問東尼
他輕淡地說胖胖的女生也值得一件好料子的毛衣啊

寂寞萬人迷

火雞小姐有一身絢麗繽紛又柔軟的羽毛
非常會跳舞而且目中無人
所有公雞看到火雞小姐翩翩起舞都非常興奮
火雞小姐每天都在戀愛
但從不讓任何公雞得到她
這樣她就可以是永遠的大明星萬眾矚目
寂寞的時候她會吻鏡子裡的自己
啊身為萬人迷的火雞小姐請妳繼續為自己的影子旋轉吧

小風找自己

有一陣小小小小非常小的風

總是羨慕大風颶風颱風龍捲風

大風一吹過拔起樹木吹倒房子很威風神氣

然而小風一吹只有衛生紙飄起

他因此很自卑

大風說你要更用力奔跑要更強壯才能跟我們一樣

小風跟不上只會嗚嗚地哭

跑在大風的尾巴

甚至被大風捲入成為大風的一部分

有一天小風遇到湖泊

湖泊母親溫柔地告訴小風

你就是微風呀

你是讓湖泊起漣漪

讓小花跳舞的微風

你在春天吹拂戀人的頭髮讓人們相愛

小風聽得開心極了一個旋轉

湖泊母親和樹木哥哥們都笑了

創作馬戲團

馴獸師與獅子相愛

他們是太陽馬戲團的最佳拍檔

獅子老了與馴獸師離開馬戲團

馴獸師對獅子越來越冷淡

原來馴獸師只能在觀眾的掌聲中愛獅子

這是籠子之愛

就像作家的情人若消失於作品之中

愛也蕩然無存

作品即為創作者的馬戲團

哀哉獅子

哀哉馴獸師

多多龍與狗狗

多多龍先生有很多女朋友
狗狗有很多骨頭
狗狗一生氣就寫信拒吃骨頭
多多龍只好帶狗狗去巴黎夜遊
兩人說好一輩子相守
又不斷在轉角處分手
狗狗討厭接球
多多龍善長等候
狗狗覺得多多龍先生是他的小丑
多多龍比任何人都懂狗狗的哀愁

瓢蟲

瓢蟲一喜歡一個人身上便會多出一個可愛的斑點

一開心全身的斑點都會發亮

瓢蟲的美麗完全來自她擁有很多很多的愛

畫廊經理接受瓢蟲的斑點

儘管這讓畫廊經理痛苦

瓢蟲遇到畫廊經理後仍然增加斑點

可是畫廊經理全部接受

他其實不曾擁有瓢蟲

對他而言瓢蟲有如一幅畫

他靜靜觀賞竟然也隱隱作痛

直到瓢蟲一個斑點也不增加了

畫廊經理便以高價賣掉瓢蟲

因為這個時候瓢蟲最可愛亮眼

畢竟畫廊經理豢養瓢蟲就是為了收割

多多龍與狗狗

狗狗說夜太黑
多多龍先生說好想睡
狗狗把花瓶弄碎
多多龍覺得自己好衰
狗狗怕半夜有賊
多多龍說半夜只有鬼
而且他工作很累
狗狗沒人陪
多多龍說狗狗不對
兩人誰也不讓誰
風一吹狗狗擠出兩滴眼淚
多多龍只好一直安慰
狗狗於是搖尾
兩人抱在一起三更半夜吃滷味

老爺爺鐘錶店

老爺爺是鎮裡賣鐘的老闆
老奶奶去世之後
他讓所有的鐘停在死亡時刻早上十點二十一分
老爺爺再也賣不出任何一顆鐘
他也不變動屋內任何擺設
每天沉溺悲傷之中
直到有一天門口出現一隻快凍死的七彩小鸚鵡
老爺爺救了鸚鵡
鸚鵡吃飯時間會飛到爺爺身邊叫
漸漸爺爺感受到時間
陽光照進屋子他開始修復鐘
鎮民又開心地來買老爺爺美麗的鐘
奇妙的是從此以後每天早上十點二十一分小鸚鵡都會大
聲地唱歌
十點二十一分為鸚鵡歌聲前來買鐘的鎮民越來越多
大家也告訴老爺爺許多奶奶生前的小事
死亡時刻變成幸福時光

菲比失蹤記

菲比愛你很多很多
菲比知道你很多很多
菲比的課本裡
一張一張全是你的素描

你說:「有一天我會回應妳的愛。」
菲比苦苦等候
但是那一天,寫故事的人清楚
永遠不來

菲比愛你
像愛一座教堂那麼地多
而且虔誠

你不知道菲比偏食
你不知道菲比老家在哪裡
你不知道菲比的驢子叫什麼名字

菲比決定離開你
去另一個星球

這時你才發現
陽台的植物全部投票支持菲比，決定枯萎
你的小狗、小貓和烏龜，全跟著菲比跑了

菲比去了哪裡？
你的電冰箱、窗簾和郵筒
都為菲比的去向保密

你吹鬍子瞪眼睛地怪東怪西
開始想了解菲比是什麼

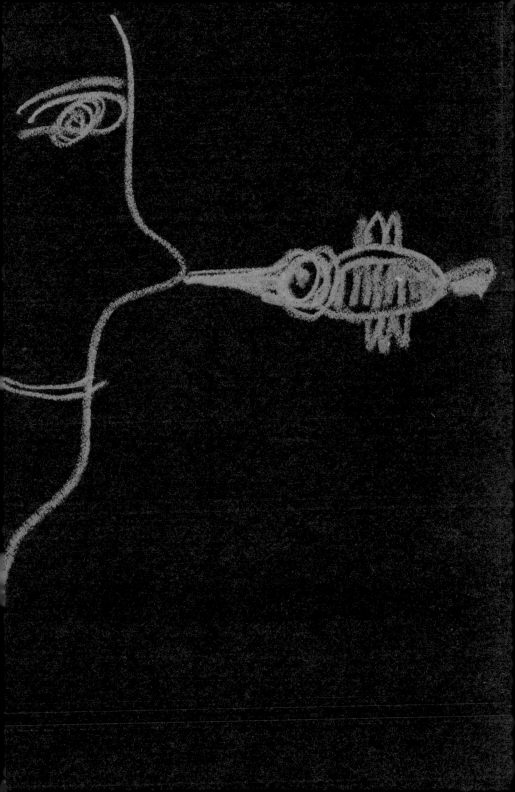

翡翠花－夢想

傳說在玉山頂端有一株翡翠花

長年盛開會綻放綠色的光芒

然而從沒有人看過

小池是一個被排擠的男孩

每天下課便夢到翡翠花

出社會後小池成為強悍成功的大董事長

花了一大筆錢想要看到真實的翡翠花

七十多歲的小池在夢中又見到年幼孤單的自己和翡翠花

小池在夢中死去

終生相信在玉山山頂有一株綻放綠色光芒的翡翠花

尤理西斯的夢境

尤理西斯建立了一個小木屋
裡面住滿小精靈
小精靈們個個無憂無慮
長生不老
若是吵架就被尤理西斯轟出去
大部分離開小木屋的精靈不是被鱷魚咬死
便是因為發現自己是人類而驚嚇過度死亡
小精靈在小木屋裡全都六歲
鎮日玩耍
直到巨人阿布出現打敗尤理西斯
小木屋這個夢幻泡泡才消失
阿布釋放所有小精靈回到社會
大家變成七老八十渾身是病的老人

送葬隊伍

部落的老獅子吐出滿滿的秋天
是接近神的那種顏色
族人護送牠穿越河流和山巒
飛翔在星星和朝陽之間
清晨老獅子說已經看見鹿
聞言酋長、巫師、小孩子都忍不住哭了起來
有一些離別是這麼接近彩虹

瘋狂

小莉心中有一座安靜的山丘
裡面埋藏一隻鳥一支筆幾個夢
不論現實發生什麼鳥事
每到傍晚她都會陷入昏睡
從夢中進入安靜的山丘
在那裡小莉不曾犯錯
心中盈滿愛
可以自由飛翔
但是進入山丘的日子越多
現實世界裡的精神狀態越差
有一天小莉昏睡起不來
永遠安住在安靜山丘

抓蝴蝶

我認識一個女孩叫莎樂美
她與眾不同
並不存在這個世界
她被囚禁在透明屋
每日抓蝴蝶
人們買票觀賞莎樂美
有一天她愛上透明屋外面世界的男人
不再是單純愛抓蝴蝶的女孩
她整天等待男人買票來看她
但是一個不抓蝴蝶的莎樂美
又有誰愛

交換

上帝在農婦每日耕作的黃土上
放置一顆大鑽石
農婦一天比一天更想要擁有神的鑽石
原本天真的農婦成天為耀眼的鑽石茶不思飯不想
終於起了貪念
浮世德說他有辦法幫農婦得到上帝的鑽石
農婦開始與浮世德交談
浮世德說妳這麼窮卻有一頭烏黑的頭髮
好吧農婦剪掉自己的頭髮給浮世德
接下來農婦任浮世德欲取欲求
把一切甚至是一雙明亮的黑眼睛都割下
農婦給出珍貴的自己與浮世德交換
浮世德奪走一切
農婦得到上帝的鑽石卻失去最美的純真

小星的星空

小星是一顆憂傷的星星

他厭倦黑暗的天空

以及其它星星拼命發光的蠢樣

小星是一顆光芒微弱的星星

經常被其他星星嘲笑

小星也不在乎

只縮在自己的角落做大夢

他總是告訴別人

自己有一個偉大的計畫

便是終有一天他可以離開養育他的夜晚

他越來越陷入想像世界

像一個急著離開母親去遠遊的孩子

他靠想像畫出白天的街道和露水

他活了七十二億年

成為偉大的小說家

貓的一生

一滴一滴
滴在小貓的皮毛上
我無害的淚水

大貓背著我的淚水
一路奔跑、迷路、吃苦頭
離家千萬里
向神仙要了一顆仙丹

大貓一路護送仙丹
含在嘴巴裡
直到我吞下
老貓終於安心

我正要來道謝
貓已在我腿間
安詳地死掉

我撫摸著老貓僵硬的身體
牠一瞬間回到小貓的樣子

鳥類學者

有一鳥類學者步入森林
長年蒐集鳥鳴
他不知自己已聾
陷入幻聽
創造出不存在的鳥類族群
在全新的鳴叫中
他聽見自己嗚咽
悲傷的心因而誕生

美的競賽

小蝴蝶飛到哪裡都有毛毛蟲陪伴

毛毛蟲爬到哪裡一抬頭就可以看到小蝴蝶

有一天大黃蜂出現想破壞小蝴蝶和毛毛蟲的友誼

小蝴蝶終於被絢麗耀眼的大黃蜂吸引離開毛毛蟲

時間一天一天過去毛毛蟲長大變成漂亮蝴蝶

大黃蜂一下子變心想追求更美麗的蝴蝶

花園裡的競爭再度展開

美想要和美在一起

昔日的小蝴蝶失去一切

昔日的毛毛蟲成為最美麗的蝴蝶

和大黃蜂形影不離

卻不是最初單純的友誼

大黃蜂最後飛離花園

留下兩隻蝴蝶翩翩飛舞

迷戀

我曾愛上一個擁有世界上最藍眼睛的男人
他的眼睛屬於森林裡的湖泊不屬於任何人
我們從十樓吻到十二樓
從此只能像個破布娃娃看月亮

上班一天

父親回家後
把眼球放在五斗櫃上
臉皮一撕貼在鏡子上
陰莖掛在天花板
手腳放進衣櫃裡
從晚上七點到九點
一路卸下
內臟一個個掛在陽台
然後他輕鬆又舒服的靈魂呻吟一聲
整個房子的眼球陰莖四肢內臟等歡愉地發出聲響
並轉動著
隔天父親八點醒來
像樂高一樣組裝自己出門上班

孫行者

再翻一個觔斗
五千七百年後
孫行者到那女子的眉心
變作一顆顆太陽下的淚珠

再翻一個筋斗
又五千七百年後
孫行者到那女子的指間
變作一粒粒翻轉的佛珠

再翻一個筋斗
又五千七百年後
孫行者到那女子前世
變作一寺廟撞鐘人

女子乃一癡狂蛇妖
大樹下一轉再轉

有時生為夏日蟬鳴
有時生為一絲肉香
有時生為午後一個夢

孫行者變化一窮苦書生
偷盜那蛇女的目光
貪得這比蟠桃甜美的愛
比人蔘果難結的果

唐僧一唸再唸緊箍咒
只見那行者滿地打滾

再翻一個筋斗
又五千七百年
行者潛入吳承恩《西遊記》書中
撒一泡尿毀壞故事
從此齊天大聖不復見威名
唐僧一人一缽獨自西行

幸福

於是離別了
一顆蘋果掉在土地上
一點聲音也沒有

其實連蘋果也沒有
只有詩人的想像
和身為你的愛人所滴落的淚

（甚至無法確認關係
因為我們愛得很安靜）

哭一下子
便默默接受

你討厭我書寫死亡
你討厭我哭泣

於是我說：

從前有一隻小熊走進歡樂的森林
遇到另一隻小熊
一隻死了
然後是另一隻死了

牠們曾經相遇
相知相惜

這是我為你寫的歡樂故事

莎兒莉莉——童年之死

1.

巫婆嘎瑪的家裡
收留許多被遺棄遺忘的娃娃

洋娃娃貝蒂 8 個月被遺棄
因為冰淇淋滴到身上

洋娃娃阿咪 3 個月被遺棄
因為來了新的娃娃

洋娃娃布丁 9 個月被遺棄
因為放在公車上忘記帶走

洋娃娃珍妮 10 歲被遺棄
因為父母強制沒收

洋娃娃小偉 20 歲被遺棄
因為一氣之下被刀子割開

數不盡的洋娃娃像貓狗一樣
等待他們的主人
洋娃娃都記得主人的溫柔與殘酷

洋娃娃是夢的使者
她們負責製造夢境
當人們不相信夢的時候
也就是洋娃娃該離開的時候

少數的人會開始旅程尋找童年的娃娃
比如莎兒尋找莉莉
比方阿鴻尋找史奴比和頑皮豹

只要找到想念的洋娃娃

真理便開始穿鞋子
夢又會靈活起來

2.

洋娃娃莉莉某個早晨起不再說話了
莎兒帶莉莉去嘎瑪女巫家
嘎瑪女巫說莉莉被大人下咒
咒語是「妳長大了，不能玩洋娃娃了。」
莎兒哭著說：「一旦我長大，莉莉和頑皮鬼都會消失？」

嘎瑪說：「有一種魔法可以解除大人的咒語，那就是畫畫。」
只要妳不斷地畫畫
就可以延長莉莉和頑皮鬼的壽命
如果妳不這麼做

莉莉和頑皮鬼會離開妳
去尋找更適合的小孩附身

媽媽拿走洋娃娃的那天下午
莎兒開始畫畫
莎兒畫莉莉愛吃的糖果
還有她們經常聊天的樹下

巫婆嘎瑪說：「若妳不畫，莉莉便死了第一次，但終有一
天，莉莉的臉會模糊、身體會變骯髒，漸漸消失，被丟到
垃圾桶，這就是成長和死亡的秘密」

3.

莎兒常常進入夢中拯救莉莉
所以白天上課幾乎都在打瞌睡
媽媽很擔心，帶莎兒去看心理醫生 Dr. 牆

「我的洋娃娃莉莉死了，她不再說話了。」
媽媽在一旁插嘴：「莉莉太髒了，而且莎兒幾乎不跟同學
玩，她只跟莉莉玩耍，這是不對的，這是不正常的。」
「媽媽我討厭妳，妳害莉莉不哭不笑不說話，妳把莉莉藏
起來，我會找到她。」

Dr. 牆說：「我相信妳已經認識女巫嘎瑪和仙女崔麗，但是
她們不是真實的人，她們是妳想像出來的角色，如果妳聽
從她們的話，一直畫莉莉，最後妳就會被莉莉附身，妳知
道靈魂交換吧，最後莉莉會佔有妳的身體。」

「不！你胡說。」

「莎兒，我沒騙妳，妳該長大了，莉莉、嘎瑪，崔麗都不是真的，妳應該跟同學玩，而不是躲在自己幻想的世界。」

「妳最好的朋友是誰？」

莎兒哭著說：「是莉莉是莉莉。」

Dr. 牆說：「世界上沒有這個人，莉莉只是一個洋娃娃。」

莎兒大哭起來：「你說謊，你說謊，你才是假的。」

下雨天——希望

貓和驢子喜歡晴天
但他們居住的城市卻總是下雨
貓說，明天一定晴朗
驢子說，明天會是個好天氣喔
可惜明天總是下雨
貓和驢子每天都像笨瓜一樣許願
他們是這個多雨城市最好的風景
每天每天都在風雨中望著天空
相信明天雨會停
一直一直這麼地許願啊

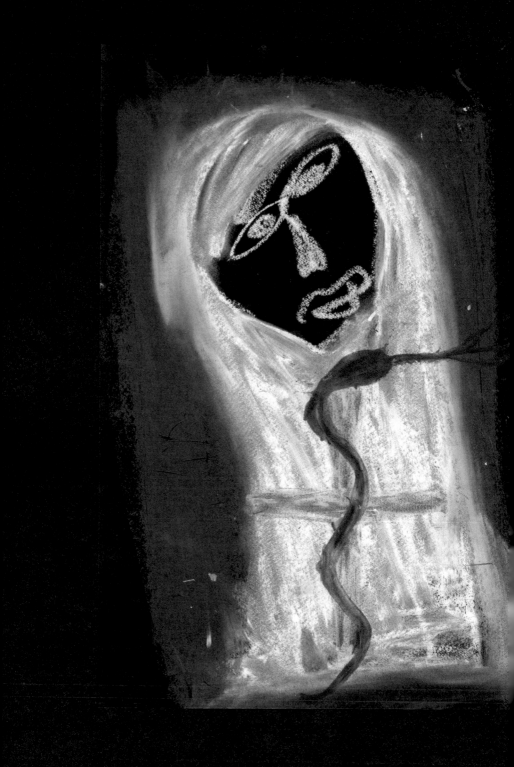

水龍頭女孩

第一節

小女孩懷念「歡喜城」的時光，充滿快樂自信和勇氣，黃昏的時候到處燃燒夢想。愛睏的時候，爸媽來到床頭唸故事，把孩子鬆動的水龍頭扭緊。然後，整座城的小孩睡夢中脫掉水龍頭，好像放下書包的感覺，輕輕漂浮到黑黑天空，撫摸各種形狀的星球：尖銳的，弧形的，牛奶的，彎彎的……她們在各種形狀中做體操，非常柔軟。

公雞一叫。老師跳下娃娃車，上車前仔細檢查水龍頭有沒有拴緊，「嗶！」吹一下哨子，非常滿意，全車合格，車子裡的小孩也都非常安心，睡眼朦朧地搖晃到教室。

隔壁班的阿牛上學期就因為濕潤一小塊的坐墊，再也沒來過學校，老師在點名條上劃掉阿牛的名字時，每個小孩都趕緊再把水龍頭扭得更緊。女孩曾經讀過一個日本故事，她知道阿牛是被神隱蔽的小孩。

水龍頭女孩的夜晚越來越長，但是她的年齡卻不再增長，班上的同學也漸漸不來夢裡面玩了，她還是坐著同一班車上學。

有一天晚上她發現月亮長了一條尾巴，她覺得新鮮又好奇，伸手拉了月亮的尾巴。突然之間，童年的黑黑天空大放光芒，一剎那她看見火炬般的哲人之眼、雕像般的臉頰、飽滿的額頭、激動如謎的唇型，而又熄滅。

萬籟俱寂月亮裡好像倒出一盆水，女孩的頭髮、衣服、手腳都濕潤了。床單有水漬，她好害怕，往胸口一摸，「好險！」金屬觸感依舊。從此，她記得月亮憤怒的臉孔，像雷神一樣鮮明，讓她看見白色的夜晚，萬物伸展的神情。

第二節

水龍頭女孩白天搭乘都市巨大的飛龍，不待父母與老師的
盤檢，她成為自己最嚴格的水龍頭督察，如同每一個「歡
喜城」的成人，水龍頭會萎縮，最後變成胸口的一顆痣，好
像外星人來印上的戳記。

然而，她的稿紙上佈滿水龍頭，她畫的圖是重複變形的水
龍頭，她聽到的音樂是滴答滴答，全是遇見月亮雷神之後
傾盆大雨的節奏。

周圍人們逐漸忘記水龍頭訓練，直到新生命誕生，「歡喜
城」的人們天天有節慶、日日都開心，水龍頭女孩也如
此，但是她仍會趁人們不注意的時候習慣性地往胸口順時
鐘轉呀轉地，彷彿在確認什麼。

即使晴空萬里，她也盯著腳走路，乾燥的影子宛若隨行的

保證。一下雨她的微笑便模糊。好多次她都想問問坐在旁邊的人說：「你還記得水龍頭的事情嗎？」「我們曾經一起脫下水龍頭在夜空裡飛翔耶。」或是，「妳見過白色的夜空嗎？妳認識月亮雷神嗎？」但是她一開口，就不自禁地咯咯笑，神秘的月亮雷神伴隨著她成長，成為星空下的一椿秘密、一次難忘的奇遇，像神祇的惡作劇。

水龍頭女孩的親友一個一個離開「歡喜城」，她不懂為什麼？

開始喜歡晚上站在城市的屋頂，對著月亮把手探向月亮，雖然月亮再也不曾露出那條銀光色的尾巴，她卻只要這麼做便感到滿足。她成為一個搭乘黑色巨龍出沒在校園裡的地理老師，每天檢查孩子們的水龍頭，在自己的小本子上畫下一個個阿牛同學最獨特的五官。

這些小阿牛們出現在她的夢中，像項鍊一樣圍繞著她，

她們練習貝殼、大樹、小魚、蚱蜢的形狀，
這些永不長大的阿牛們陪伴她一天一星期一個月年復一年，
夢中她又成為小時候，擁有水龍頭的女孩。

她轉轉水龍頭，歪著頭方向始終正確，這種動作她做得完
美；胸越緊，她越笑。甜蜜地想起曾經拴緊她水龍頭的爸
爸媽媽，她看見鏡子裡面的自己越生越美麗 —— 一株小巧
的火焰百合。

第三節

一個悠光流瀉，靜謐的早晨
牛奶、荷包蛋、和土司在木製桌台上躺著
她也在潔白無瑕的溫暖棉被中靜靜躺著
時間，鬆落的發條

一動也不動地停留

她的頭髮漂浮在水中
柔軟而自由底開展，往四面八方流溢
水龍頭女孩依舊虔誠地微笑

幾年過去了，水龍頭女孩
深埋地底下的濕畫
肌膚吹彈可破

「歡喜城」的美術館展覽了水龍頭女孩
人們也對她微笑
想著她在想什麼

蒐藏她的水箱有一個閥，藝術行政每天都來檢查，後來
「歡喜城」的老師們帶孩子來戶外教學。孩子們掌控閥像
開大車般雀躍！

「水龍頭女孩沉睡的前一天，到底發生了什麼事情？」奇
異果男孩抬起頭問媽媽，工作一整天的媽媽把故事書闔起
來說：「和每一天一樣吧，快睡吧，寶貝。」
當天晚上，奇異果男孩就夢見月亮雷神，他們一起在黑黑
天空跳舞，星球的樣子和書本上的字長得一模一樣。

日、月、星、晨，就這樣誕生。

註：〈水龍頭女孩〉為畫家蔡銀娟之畫作名，「歡喜城」為其場景，我將
之寫成這篇寓言故事。

2006／8

讀詩人62　PG1306

 我的內心長滿了魚

作　　　者	阿　米
責任編輯	黃姣潔
圖文排版	劉克韋
封面設計	劉克韋

出版策劃	釀出版
製作發行	秀威資訊科技股份有限公司
	114 台北市內湖區瑞光路76巷65號1樓
	電話：+886-2-2796-3638　傳真：+886-2-2796-1377
	服務信箱：service@showwe.com.tw
	http://www.showwe.com.tw
郵政劃撥	19563868　戶名：秀威資訊科技股份有限公司
展售門市	國家書店【松江門市】
	104 台北市中山區松江路209號1樓
	電話：+886-2-2518-0207　傳真：+886-2-2518-0778
網路訂購	秀威網路書店：http://www.bodbooks.com.tw
	國家網路書店：http://www.govbooks.com.tw
法律顧問	毛國樑　律師
總 經 銷	聯合發行股份有限公司
	231新北市新店區寶橋路235巷6弄6號4F
	電話：+886-2-2917-8022　傳真：+886-2-2915-6275

出版日期	2015年12月　BOD一版
定　　價	490元

Printed in Taiwan

國家圖書館出版品預行編目

我的內心長滿了魚 / 阿米作. -- 一版. -- 臺北市：釀
出版, 2015.12
　　面；　　公分. -- (語言文學類 ; PG1306)
BOD版
ISBN 978-986-445-004-6(平裝)

851.486   104006470

讀 者 回 函 卡

感謝您購買本書，為提升服務品質，請填妥以下資料，將讀者回函卡直接寄回或傳真本公司，收到您的寶貴意見後，我們會收藏記錄及檢討，謝謝！
如您需要了解本公司最新出版書目、購書優惠或企劃活動，歡迎您上網查詢或下載相關資料：http:// www.showwe.com.tw

您購買的書名：_____

出生日期：_____年_____月_____日

學歷：□高中 (含) 以下　　□大專　　□研究所 (含) 以上

職業：□製造業　□金融業　□資訊業　□軍警　□傳播業　□自由業
　　　□服務業　□公務員　□教職　　□學生　□家管　　□其它_____

購書地點：□網路書店　□實體書店　□書展　□郵購　□贈閱　□其他

您從何得知本書的消息？

　□網路書店　□實體書店　□網路搜尋　□電子報　□書訊　□雜誌

　□傳播媒體　□親友推薦　□網站推薦　□部落格　□其他_____

您對本書的評價：(請填代號　1.非常滿意　2.滿意　3.尚可　4.再改進)

　封面設計____　版面編排____　內容____　文／譯筆____　價格____

讀完書後您覺得：

　□很有收穫　□有收穫　□收穫不多　□沒收穫

對我們的建議：_____

_____

_____

_____

11466
台北市內湖區瑞光路 76 巷 65 號 1 樓

秀威資訊科技股份有限公司　　　收

BOD 數位出版事業部

⋯⋯⋯⋯⋯⋯⋯⋯⋯⋯⋯⋯⋯⋯⋯⋯⋯⋯⋯⋯⋯⋯⋯⋯⋯⋯⋯⋯

（請沿線對折寄回，謝謝！）

姓　　名：＿＿＿＿＿＿＿＿　　年齡：＿＿＿＿　　性別：□女　□男

郵遞區號：□□□□□

地　　址：＿＿＿＿＿＿＿＿＿＿＿＿＿＿＿＿＿＿＿＿＿＿＿＿＿

聯絡電話：(日) ＿＿＿＿＿＿＿＿＿＿　(夜) ＿＿＿＿＿＿＿＿＿＿

E-mail：＿＿＿＿＿＿＿＿＿＿＿＿＿＿＿＿＿＿＿＿＿＿＿＿＿